[L]A DANSE DES MORTS

comme elle est dépeinte dans la louable et célèbre

VILLE DE BASLE

POUR SERVIR D'UN MIROIR DE LA NATURE HUMAINE
DESSINÉE ET GRAVÉE SUR L'ORIGINAL DE FEU

Matthieu MIRIAN

(Reproduction de l'édition publiée en 1744 à Bâle, chez Jean-Rodolphe Im-Hoff.)

Un crieur des morts, d'après une ancienne estampe.

PARIS
MAISON DE LA BONNE PRESSE
8, RUE FRANÇOIS 1er

BIBLIOTHÈQUE A 0 FR. 40

avec remises

Le port par poste est de 0 fr. 20

chaque fois que le contraire n'est pas indiqué.

Les Évangiles illustrés in-8°

Traduction du R. P. de Carrière, approuvée par Mgr de Bayeux

Gravures du R. P. Natali.

Saint Matthieu, 1 vol. in-8°, belle reliure, **0 fr. 45** en plus (port du volume relié: **0 fr. 35** au lieu de **0 fr. 20**).

Saint Marc et Saint Luc, 1 vol. in-8°, belle reliure, **0 fr. 45** en plus (port du volume relié: **0 fr. 35** au lieu de **0 fr. 20**).

Saint Jean et les Actes, 1 vol. in-8°, belle reliure, **0 fr. 45** en plus (port du volume relié: **0 fr. 35** au lieu de **0 fr. 20**).

(Les quatre évangélistes réunis forment un beau volume de la bibliothèque à 1 fr.)

(*L'édition de poche* (en 4 volumes), *à* **0** *fr.* **20** *le volume* Dessins inédits.)

Saint Julien, premier évêque du Mans, par Dom Piolin.

Saint Vincent de Paul, par M. l'abbé Debout.

Jeanne d'Arc, par M. l'abbé Debout, orné de nombreuses gravures, ouvrage en deux volumes, **0 fr. 80** les deux. Port, **0 fr. 35**

LA DANSE DES MORTS

DE

LA VILLE DE BASLE

LA DANSE DES MORTS

comme elle est dépeinte dans la louable et célèbre

VILLE DE BASLE

POUR SERVIR D'UN MIROIR DE LA NATURE HUMAINE
DESSINÉE ET GRAVÉE SUR L'ORIGINAL DE FEU

Matthieu MIRIAN

(Reproduction de l'édition publiée en 1744 à Bâle, chez Jean-Rodolphe Im-Hoff.)

Un crieur des morts, d'après une ancienne estampe.

PARIS
MAISON DE LA BONNE PRESSE
8, RUE FRANÇOIS Ier

PRÉFACE

Nous reproduisons en notre petite bibliothèque à 0 fr. 40, pour la mettre à la portée de tous, une œuvre très originale et célèbre que nos pères ont estimée d'une haute moralité, et qui a aujourd'hui ses admirateurs et ses détracteurs : c'est la *Danse des morts de Bâle,* reproduite d'après les gravures de Mirian, faites au milieu du XVIIe siècle, avec les textes qui les accompagnent dans une édition de 1744.

La danse de Bâle, comme celles de tous les cimetières et des églises, suppose toujours que la mort surprend un homme qui n'est pas prêt et qui regrette le monde, fût-il pape ou simple ermite, empereur ou mendiant. C'est là une des moralités de l'œuvre, et une circonstance qu'il ne faut point perdre de vue, pour n'être pas scandalisé de certaines hardiesses de langage. C'est le tableau de l'égalité devant la mort se présentant souvent sous la forme d'une satyre permise autrefois aux plus petits.

Ce spectacle, qui a tant révolté la Renaissance, est une des prédications ordinaires du moyen âge ; l'Église seule ose affronter l'idée de la mort, et en placer l'image devant les yeux.

Outre les Danses macabres qu'on étalait parfois, comme à Blois, sur la frise du palais des rois, la mort était encore rappelée aux vivants par des crieurs publics, vêtus d'insignes lugubres (voir la vignette du titre), et qui réclamaient des prières pour les trépassés.

Le poète Saint-Amant, ridiculisé par Boileau, nous dit l'effet qu'ils produisaient :

> Le clocheteur des trespassez,
> Sonnant de rue en rue,
> De frayeur rend leurs cœurs glacez
> Bien que leur corps en sue.

Une des plus curieuses Danses des morts est celle qui ornait un remarquable livre d'*heures* du XVIe siècle, souvent reproduit.

Il y a, sur 22 feuillets, à la marge, 66 sujets : 30 pour les hommes, 36 pour les femmes (1).

Les personnages qui commencent par le pape sont sensiblement les mêmes que ceux de Bâle,

(1) Le journal *le Pèlerin* a reproduit un grand nombre de ces sujets.

et avec la liberté plus franche de nos pères, les demoiselles peu vertueuses y occupent plusieurs places, et les vers qui les concernent se terminent par cette moralité :

LA MORT

Vous vous êtes bien divertie,
Laissez le monde et ses appas,
Dansons le branle de sortie,
Je vous tiens bien, ne craignez pas.

*
* *

Entre les quarante danses macabres connues, nous avons choisi celle de Bâle comme la plus ancienne et la principale.

Les tableaux originaux peints à fresque vers 1439, il y a 450 ans, n'existent plus, sinon quelques panneaux conservés au musée de Bâle.

Ils ont été d'abord l'œuvre d'un artiste inconnu; il fut requis de les peindre par les Pères et Prélats du concile de Bâle où assistait l'empereur Sigismond, ceux-ci demandèrent ce travail à la suite de la peste qui, pendant ce Concile, fit tant de victimes, même parmi les cardinaux et les prélats, dont plusieurs ont été enterrés au cimetière près des tableaux.

Le cimetière, planté de tilleuls, dit Mirian, était près du couvent des Dominicains, et les tableaux sur le chemin pavé à droite; ils étaient dans une galerie et sous un toit; ils ont été longtemps une des gloires de la cité.

En 1568, la Danse des morts fut complètement réparée par un bourgeois de Bâle protestant, Klauber, qui y ajouta en tête le portrait du réformateur, Œcolampade (que nous avons supprimé de notre collection), et à la fin (tableaux 39 et 40), il plaça son propre portrait, celui de sa femme et de son enfant que nous reproduisons.

Ces tableaux furent encore réparés deux fois, et démolis au commencement de ce XIXe siècle par le renversement du mur où ils se voyaient.

Mirian avait copié fidèlement les tableaux au XVIIe siècle, avec amour, et même plusieurs fois par zèle, dit-il, pour sa ville, pour son âme et pour l'utilité de son prochain.

Le livre des gravures de Mirian a été reproduit à Bâle, en 1744, en une édition où l'éditeur a joint des vers allemands avec une traduction française.

C'est cette édition que nous avons copiée, gravures et texte, aussi exactement que nous avons cru possible. Ce livre original coûte aujourd'hui 70 et 80 francs dans le commerce et, grâce à notre reproduction, il pourra devenir populaire et servir, comme autrefois, à rappeler la pensée salutaire et terrible de la mort.

C'est un *pensez-y bien* sous une forme qui excite la curiosité, car c'est une des bonnes fortunes de la *danse macabre* d'avoir fait rire et frémir en même temps.

La pensée de la prière pour les trépassés est trop absente, il est vrai, mais le but était surtout de rappeler aux vivants qu'il faut se tenir prêt.

*
* *

Mirian fait observer que l'auteur a fidèlement gardé les costumes d'alors, et a tracé beaucoup de portraits avec la liberté qu'on laissait alors aux artistes.

La figure du pape est celle de l'antipape Félix V (Amédée de Savoie), qui fut élu à la place du pape Eugène IV, mort pendant la durée du Concile de Bâle.

La figure de l'empereur est celle de l'empereur Sigismond, et celle du roi est le portrait d'Albert II, roi des Romains, qui assistaient l'un et l'autre au Concile, et les figures de l'impératrice et de la reine sont les portraits de leurs femmes.

La plupart des autres tableaux ont dû également être des portraits de personnages oubliés aujourd'hui.

*
* *

Nous croyons intéressant de donner l'analyse d'une déclaration de Mirian traduite en français en tête de l'édition de 1744.

Déclaration de Mirian le graveur.

Quant au but de cet ouvrage que j'ai la hardiesse de donner au public, j'avoue bien que j'y suis porté par amour pour ma patrie terrestre, je veux dire pour la ville de Bâle dans laquelle je suis né ; à l'honneur de laquelle j'ai copié cette peinture de la Danse des morts selon l'original, il y a 33 ans.

Ensuite, je l'ai gravée en taille douce, et quoique j'aie cédé ces planches à d'autres personnes, néanmoins, je les ai rachetées et gravées de nouveau et fait réduire.

Mais, outre ce motif, j'y fus engagé par ma propre indigence et par une mûre réflexion sur le moment de ma mort qui s'approche à chaque instant pour arriver selon la volonté de Dieu.

Que pourrais-je tirer de meilleur de Bâle, ou que pourrais-je emprunter d'elle sans perte et dommage que ce qui me représente ce que tous les hommes de bon sens, qui ne veulent pas se perdre dans ce monde et moins encore dans la mort, ont à considérer.

Et quelle occasion serait plus propice de me donner une méditation complète de ma fin terrestre.

Cependant, qu'on ne croie pas que j'aie voulu par là n'être utile qu'à moi-même. Outre ce motif puissant, j'y ai été poussé par l'amour du prochain qui excite à servir les autres en toute occasion.

Je le fais donc pour ceux qui ont vu cette Danse des morts en leur jeunesse et veulent s'en souvenir en leur vieillesse, alors qu'ils ne peuvent plus aller la regarder au cimetière.

Je le fais pour ceux qui en ont entendu parler et qui ont besoin d'être avertis par ce spectacle de cette danse étonnante et universelle dont personne n'est exempt. Aussi, n'y a-t-il personne qui en ait plus besoin que ceux qui dansent et courent ici-bas et se divertissent davantage.

C'est bien, du reste, le but qu'avait en vue l'auteur de cette danse, d'avertir les endurcis qui vivent dans une sécurité et une joie trop grande et toute charnelle, d'avoir plus de soucis du peu de temps qu'ils ont à vivre, et de ne pas faire un mauvais usage de ce monde.

Qu'ils apprennent par ces tableaux à écorner les divertissements, de sorte qu'ils demeurent dans les bornes d'une vraie piété, et qu'ils considèrent toujours la fin de leur vie, et qu'ainsi ils ne commettent plus témérairement leurs péchés ordinaires.

De cet exposé de mon but, cher lecteur, vous pourrez aisément penser le grand profit qu'il y a à faire de ces tableaux.

Remarque relative aux textes des tableaux du pape, du cardinal, de l'évêque, de l'abbé, et de quelques autres.

La liberté de langage de la Mort, vis-à-vis même des personnages constitués en dignités ecclésiastiques, a été très en vogue au moyen âge, et pour l'expliquer dans les vers relatifs à la mort du pape, du cardinal et d'autres, il n'est pas nécessaire de rechercher habituellement l'influence de la réforme, bien qu'elle se soit manifestée souvent dans les Danses des morts en Suisse et notamment ici. Nous engageons le lecteur à se reporter à ce que nous disons dans la préface sur la signification de ces textes.

Nos vieilles cathédrales représentent parfois, à gauche, au jugement de Dieu, parmi les damnés, un pape, un évêque, un clerc, et de même qu'on ne brise pas ces bas-reliefs, nous n'avons pas hésité, après cet avis explicatif, à reproduire les images et les textes rarement modifiés.

Il n'y a, du reste, aucune Danse des morts dans es églises, qui ne motive cette remarque.

LA DANSE DES MORTS

L'AVERTISSEMENT DU PRÉDICATEUR, ADRESSÉ AUX HOMMES DE TOUTES LES DIFFÉRENTES CONDITIONS, EST TIRÉ DE LA PROPHÉTIE DE DANIEL. (Chap. XII.)

Lors qu'au son de la Trompe un Ange de lumière
Fera sortir les morts du sombre Monument;
Ceux qui dorment dans la poussière,
Reprenant leur vigueur prémière,
Viendront tous, devant Dieu paroître en jugement.

* * *

Le pécheur endurci qui, vivant dans le Crime,
Se rendit du démon l'esclave et la victime,
Comme un infâme criminel,
Ira, dans le feu de l'Abîme,
Subir un suplice éternel.

* * *

Mais, heureux le sort du Fidèle !
Absous de ses péchés, affranchi de tous maux,
Il ira recueillir, dans la Gloire éternelle,
Les doux fruits de sa foi, le prix de ses travaux.

La Mort aux Spectateurs

Toi qui contemples ce Tableau,
Reconnoi la laideur de ta faible nature :
Telle, un jour, sera ta figure,
Fusses-tu des Mortels aujourd'hui le plus beau.

Réponse des Spectateurs.

Voïant, dans ce Tombeau, celui de la beauté,
On ne peut trop, ô Mort, craindre ta cruauté :
Les grans et les petits : Les sceptres, les houlettes ;
Tous ressentent le poids de tes coups accablans ;
Et dès que la faucille approche de nos têtes,
Elle fauche nos jours comme l'herbe des Champs.

LA DANSE DES MORTS

~~PREMIER~~ TABLEAU II

LA MORT AUX SPECTATEURS

La Mort au Pape.

Sans trop de complimens, sans vous baiser la Mule,
Grand Pape, je vous viens ordonner de partir ;
Il n'est ni Dispense, ni Bulle,
Qui puisse, de ma main, jamais vous garantir :
Sachant qu'à vous, Saint-Père, on doit la préférence,
A vôtre Primauté je ne ferai point tort;
Je veux que, le prémier, vous fassiés une danse,
Au son du Tambour de la Mort.

Réponse du Pape à la Mort.

Sera-t-il dit qu'un Dieu sur terre,
Un des successeurs de saint Pierre,
Un puissant Prince, un grand Docteur,
Essuïe de la Mort l'insolente rigueur;
Et faudra-t-il sitot, sans nulle résistance,
Qu'obéïssant à ses Édits,
J'éprouve que les Clefs, que j'eus en ma puissance,
Peuvent m'ouvrir le Paradis ?

LA DANSE DES MORTS

DEUXIÈME TABLEAU

LA MORT AU PAPE

La Mort à l'Empereur.

Quitte puissant César, le Sceptre et la Couronne,
Et tout l'éclat qui t'environne :
Des Grandeurs d'ici-bas, dont l'homme est ébloui,
Je ne respecte point la pompe ;
Et je veux qu'au son de ma Trompe
Tu viennes danser aujourd'hui.

Réponse de l'Empereur à la Mort.

Enflé d'un pouvoir redoutable,
Occupé des objets de ma Cupidité,
Je ne pensai jamais à ma fragilité ;
Et trop tôt, ou trop tard, la Mort inexorable
M'apprend que je suis misérable,
Et que tout n'est que vanité.

LA DANSE DES MORTS

TROISIÈME TABLEAU

LA MORT A L'EMPEREUR

La Mort à l'Impératrice.

Et vous, Auguste Impératrice,
Venés faire à la Mort le triste Sacrifice
De tout ce qu'à vos yeux le monde a de plus cher;
Je n'ai point égard à vos charmes,
Je suis insensible à vos larmes :
Donnés la main, il faut marcher.

Réponse de l'Impératrice à la Mort.

Je frémis, je me meurs : Adieu mon Opulence,
Mes biens, tous mes plaisirs, mon rang, ma dignité:
Tout va se terminer à cette affreuse danse,
Qui conduit à l'Éternité.

LA DANSE DES MORTS

QUATRIÈME TABLEAU

LA MORT A L'IMPÉRATRICE

La Mort au Roi.

En vain on s'agite, on frissonne,
Sire, quand ce Haut-bois resonne,
Il faut danser avec la Mort.
Si mon Compliment vous étonne,
Sachés que plus d'une Couronne
Eurent déjà le même sort.

Réponse du Roi à la Mort.

A quoi sert-il d'être Monarque?
Puisque l'impitoïable Parque
Tranche indifféremment la trame de nos jours,
Et que des ans passés le trop rapide cours
Va se précipiter dans la fatale Bière,
Où tous les habitants de ce vaste univers,
Consumés, confondus, et réduits en poussière,
Vont servir de pâture aux vers!

LA DANSE DES MORTS

CINQUIÈME TABLEAU

LA MORT AU ROI

La Mort à la Reine.

Allons : suivés, ma belle Reine,
Sinon, par la ceinture, agréés qu'on vous mène
Au grand Bal qui se fait au Palais de la Mort;
Étant jeune, aimable et bien-faite,
Vous serés aujourd'hui la Reine de la fête :
Peut-on prétendre un plus beau sort ?

Réponse de la Reine à la Mort.

Fi de l'honneur que vous me faites;
Je n'assistai jamais à de pareilles fêtes :
Monsieur le Masque, épargnés-moi,
Je ne vous veux point pour mon Roi.
S'il est vrai que je suis jeune, aimable, et jolie,
A mon heureux état ne portés point envie,
Et ne vous donnés pas les soins
De venir me priver de la plus douce vie
Lors que je vous attends le moins.

LA DANSE DES MORTS

SIXIÈME TABLEAU

LA MORT A LA REINE

La Mort au Cardinal.

Ha ! Je vous tiens, vieille Éminence :
Il faut danser : Point de Dispense;
Ici vôtre refus seroit fort déplacé.
Aujourd'hui vôtre Pompe tombe,
Et l'on entonnera demain sur vôtre Tombe,
Un *Requiescat in pace.*

Réponse du Cardinal à la Mort.

En vérité, la Mort m'étonne :
J'ai cru qu'en zélé Cardinal,
Passant du Chapeau rouge à la triple Couronne,
Je monterois dans peu sur le Trone Papal.
L'homme propose,
Dieu dispose.
Sans avoir obtenu l'honneur pontifical,
Il faut aujourd'hui que je meure :
Mourir sans être Papé est sans doute un grand mal;
Mais, s'il le faut, à la bonne heure!

(Voir. la remarque de la préface.)

LA DANSE DES MORTS

SEPTIÈME TABLEAU

LA MORT AU CARDINAL

La Mort à l'Évêque.

Quitte, savant Prélat, cet air de Gravité :
Je me ris d'une grandeur fière,
Qui bien-tôt, réduite en poussière,
Laissera voir ta nudité.
Vainement prétens-tu que la Crosse et la Mitre
Pourront te garantir de la rigueur du sort :
La vertu seule est un bon Titre
Pour pouvoir vivre après la mort.

Réponse de l'Évêque à la Mort.

Pourquoi viens-tu déjà t'exposer à mes yeux,
Et faire ainsi de moi l'objet de ta risée ?
Dispense-moi, Fantôme affreux,
D'aller où me conduit ta main sèche et glacée.
Un Pasteur enrichi des biens de son Troupeau,
Sans avoir, à son tour, édifié les âmes,
Et leur avoir servi d'exemple et de flambeau,
Ne peut trop redouter les éternelles flammes.

(Voir la remarque de la préface.)

LA DANSE DES MORTS

HUITIÈME TABLEAU

LA MORT A L'ÉVÊQUE

La Mort au Duc.

Voici vôtre dernière Danse,
Grand Duc, venés dire en Cadence
Adieu brillante Cour : Adieu Chapeau Ducal.
Il vous faut savoir que tout Prince
Devient, dans mon Roïaume, égal
Au moindre mort de sa Province.

Réponse du Duc à la Mort.

Il est dur de sortir du Monde
A celui qui, vivant dans une paix profonde,
Goûte la douceur des plaisirs,
Et qui n'a pas, dès la jeunesse,
Constamment observé les Loix de la sagesse,
Et cherché dans le Ciel l'objet de ses désirs.

LA DANSE DES MORTS

NEUVIÈME TABLEAU

LA MORT AU DUC

La Mort à la Duchesse.

Joignés, Duchesse Magnifique,
Vos soupirs, vos sanglots, à mes tristes accords :
Apprenés aujourd'hui la touchante musique
Qui rétentit parmi les morts ;
En vous livrant à la tristesse,
Pleurés d'avoir aimé le luxe et la mollesse,
Et ne regrettés point vainement vos beaux jours ;
Car, à l'instant, j'en vais finir le cours.

Réponse de la Duchesse à la Mort.

Que ta Musique, ô Mort, avec ses durs accens,
Blesse une oreille accoutumée
Aux séduisantes voix des flatteurs Courtisans :
Qu'il m'est fâcheux de voir s'en aller en fumée
Mon pouvoir, ma grandeur,
Mes biens, ma renommée,
Qui trop, pour mon Salut, enchantèrent mon Cœur.

LA DANSE DES MORTS

DIXIÈME TABLEAU

LA MORT A LA DUCHESSE

La Mort au Comte.

Généreux Comte, il faut me suivre ;
Contre moi nul effort ne peut vous secourir :
C'est peu pour vous de savoir vivre ;
Il faut aussi savoir mourir.

Réponse du Comte à la Mort.

O Mort, faut-il sitôt te suivre,
Sans que rien, contre toi, puisse me secourir ?
Je ne pensai jamais qu'à vivre ;
Et je n'ai pas le tems de penser à mourir !

LA DANSE DES MORTS

ONZIÈME TABLEAU

LA MORT AU COMTE

La Mort à l'Abbé.

Monsieur l'Abbé, si vôtre Crosse
Pouvoit vous dispenser de tomber dans la fosse,
Vous seriez moins frappé de mon aspect hideux;
Mais, bagatelle, sans mot dire,
Il vous y faut trotter beau Sire :
Venés que nous dansions tous deux.

Réponse de l'Abbé à la Mort.

Mourir, ce n'est pas badinage :
Qu'un pauvre Abbé dévot et sage
Soit couché dans le monument,
A l'extrémité d'un haut âge;
Bon pour cela : J'en suis content;
Mais, pour un grand Prélat, jeune, riche, opulent,
Peut-être ami du badinage,
La Mort est un coup assomment :
Comment veut-on, qu'avec courage,
Il aille devant Dieu paroître en jugement ?

(*Voir la remarque de la préface.*)

LA DANSE DES MORTS

DOUZIÈME TABLEAU

LA MORT A L'ABBÉ

La Mort au Chevalier.

Pour le coup, Chevalier, pends tes armes au croc;
Tu n'entens rien dans cette guerre :
La Mort en t'assaillant, et de pointe, et d'estoc,
Te va bientôt coucher par terre.
Déjà c'en est fait de l'armet,
Elle a saisi ton Cimeterre,
Et malgré ta bravoûre à ses Loix te soumet;
Un croc en jambe achèvera l'affaire.

Réponse du Chevalier à la Mort.

En combattant pour ma patrie,
On sait ce que mon bras valut :
J'osai, dans un Duël, risquer mon sang, ma vie,
Pour un léger affront, pour une raillerie,
Autant de fois qu'il le fallut ;
Tandis que je laissai l'ennemi du salut
Exercer sur mon Cœur un pouvoir tyrannique;
Mais la Mort, qu'affronta mon courage héroïque,
Se jouant, à son tour, de moi,
M'oblige à plier sous sa Loi.

LA DANSE DES MORTS

TREIZIÈME TABLEAU

LA MORT AU CHEVALIER

La Mort au Jurisconsulte.

De la part du Roi, je t'arrête,
Avocat; tes efforts et tes discours sont vains :
Il n'est plaidoïer, ni requête,
Qui puisse te tirer aujourd'hui de mes mains.
J'ai pour moi la Sainte Écriture,
J'ai le Droit Coutumier, Civil et Naturel :
Pas tant d'exceptions, l'affaire est sans appel.
Ne traînons point la Procédure;
Pour le dire en un mot, j'ai le Droit du plus for :
Ça : Qu'on obéisse à la Mort !

Réponse du Jurisconsulte à la Mort.

En vain prouvai-je ici, pour soutenir ma cause,
Que, sur les biens d'un autre, on anticipe à tort;
Le cas est différent, et j'ai la bouche close :
Tout homme étant mortel, appartient à la Mort,
Et mon Corps est un bien qu'elle est en Droit de [prendre,
D'ailleurs, contre quiconque a le Droit du plus fort,
C'est tems perdu, de se défendre.

LA DANSE DES MORTS

QUATORZIÈME TABLEAU

LA MORT AU JURISCONSULTE

La Mort au Magistrat.

Chapeau bas devant moi, sévère Magistrat ;
Je suis le messager de ce grand Potentat,
Qui vous commit le soin de rendre la justice :
D'apuïer la vertu, de réprimer le vice ;
Et je vous vais, dans peu, faire changer d'état.
Dépouillé du pouvoir qui vous rend respectable,
Par un retour triste et fatal,
Comme accusé, comme coupable,
Vous paroîtrés bien-tôt devant son Tribunal.

Réponse du Magistrat à la Mort.

Bon Dieu ! quel affreux changement,
Et qu'un Arrêt de Mort cause d'étonnement
Aux Juges qui n'ont pas, en bonne Conscience,
Porté le Glaive et la Balance !
Quoique la passion, la faveur, les présens
Ne nous firent jamais tolérer le coupable,
Ni condamner l'innocent misérable ;
Il est toujours fâcheux, fussions-nous innocens,
De subir l'examen de ce Juge suprême,
Au grand pouvoir duquel nul ne peut résister,
Et devant qui le Juste même,
A peine pourra subsister.

LA DANSE DES MORTS

QUINZIÈME TABLEAU

LA MORT AU MAGISTRAT

La Mort au Chanoine.

. . . .

Je viens me joindre à vos concerts,
Et vous apprendre par mes vers :
Qu'un excès de santé produit la maladie ;
Que le plus faible et le plus fort
Sont en pareil danger de sortir de la vie,
Et que trop d'embonpoint cause souvent la Mort.

Réponse du Chanoine à la Mort.

Je fus l'intercesseur des hommes indévots,
Et toutefois bigots,
Tel qu'on en voit chés nous, de tous rangs, de tous
[âges,
Qui refusent au Ciel leurs cœurs et leurs hommages.
Mais si, de pareils vœux, Dieu méprisant l'encens,
Est autant insensible à mes gémissemens,
Que la Mort l'est de m'ouïr plaindre,
Hélas ! que n'ai-je point à craindre ?

(Voir la remarque de la préface.)

LA DANSE DES MORTS

SEIZIÈME TABLEAU

LA MORT AU CHANOINE

La Mort au Médecin.

Disciple d'*Hypocrate, Esculape* nouveau ;
Toi qui, contre la Mort, inventas cent remèdes,
Il faut enfin que tu lui cèdes :
Elle va, de ce pas, te conduire au Tombeau,
Apprens que, de ton Art, la docte expérience
N'est que trop sujette au hazard;
Et que, malgré tes soins, tes drogues, ta science,
Il faut toujours mourir, ou plûtot, ou plus tard.

Réponse du Médecin à la Mort.

Qui m'eut dit que la Mort auroit épouvanté
D'un expert Médecin la science assurée ;
Et que mon Art divin, si craint et si vanté,
Ne pourroit de mes jours prolonger la durée,
Ni me garantir de la Mort?
Il faut que, du péché, la mortelle racine
Soit un poison bien fort,
Puis qu'il n'est sur la terre aucune Médecine
Qui puisse en arrêter l'effort.

LA DANSE DES MORTS

DIX-SEPTIÈME TABLEAU

LA MORT AU MÉDECIN

La Mort au Gentilhomme.

Pourquoi tant hésiter, quand la Mort vous y somme?
Quoi, Marquis, refuser de subir le trépas !
Seriés-vous, par hazard, moins mortel qu'un autre
[homme ?
Non, non ; c'est une erreur : Ne vous y trompés pas,
Sachés qu'un Gentilhomme, ainsi que le Vulgaire,
Doit, par le même sort, quitter cet Univers :
Avoir un même Ciel, ou les mêmes Enfers ;
Être mis dans la même terre,
Et rongé par les mêmes vers.

Réponse du Gentilhomme à la Mort.

Il m'est bien douloureux, à moi, qui, dans la vie,
Savourai la douceur d'un sort digne d'envie,
De me voir, par la Mort, privé de ce bonheur;
Et jetté tout à coup, du haut de la Grandeur,
Dans une basse ignominie.
Ah ! Que ne puis-je au moins de mes biens précieux
Acheter ces trésors, ces grandeurs éternelles,
Que les pauvres d'esprit, les humbles, les fidèles
Posséderont un jour aux Cieux !

LA DANSE DES MORTS

DIX-HUITIÈME TABLEAU

LA MORT AU GENTILHOMME

La Mort à la Dame.

Voïés cette Beauté, dans sa faiblesse extrême;
Lors qu'amoureuse d'elle-même,
Et sans se lasser de se voir,
Elle va consulter cette glace fidèle,
Afin d'obliger son miroir
A lui dire cent fois qu'elle est aimable et belle.
Je n'ai qu'à me montrer pour la remplir d'effroi :
D'abord son sang se glace, et ses roses palissent;
Ses yeux s'enfoncent, s'obscurcissent;
Elle devient semblable à moi.

Réponse de la Dame à la Mort.

Que du sexe aveuglé l'arrogance est frivole ;
Plus il a de talens, plus il est insensé.
Il est l'Idolatre, et l'Idole :
Non content d'avoir encensé
A la beauté de son visage,
Sa ridicule vanité
Prétend qu'on lui rende un hommage,
Ainsi qu'à la Divinité :
Que celui qui l'aime et l'admire,
Devenu son esclave, endure le martyre ;
Mais, hélas ! quelle est son erreur ?
La Mort lui montre qu'une glace
Est moins fragile que son Cœur :
Que sa taille et son air, le vermeil de sa face,
Et tout ce qu'il appelle beau,
Disparoît comme une ombre, et s'éclipse au Tombeau.

LA DANSE DES MORTS

DIX-NEUVIÈME TABLEAU

LA MORT A LA DAME

La Mort au Marchand.

Ah ! Monsieur, souffrés, de grace,
Qu'aïant l'honneur de vous voir,
En ami, je vous embrasse :
Je dois aller chés vous ce soir,
Souder un Compte d'importance,
Régler vôtre recette, avec vôtre dépense.
Dieu vous a confié six talens précieux :
L'Esprit, l'Ame et le Corps : Honneur, Santé, Richesse.
En avés-vous acquis le Roïaume des Cieux,
Et les trésors de la sagesse ?

Réponse du Marchand à la Mort.

J'ai trouvé dans ce siècle, un nouvel âge d'Or ;
Ce métal, en effet, gouverne tous les hommes :
Possédés-vous un grand trésor,
A la faveur de quelques sommes,
Tout vous sera permis : Il n'est point d'embaras
D'où l'on ne sorte enfin, à force de Ducats.
O Mort, pour me laisser tranquille,
S'il te faut cent écus, en demandes-tu mille ?
Je les compterai de grand Cœur ;
Mais non : Si je n'ai pas, pour adoucir ta bile,
La perle que la foi trouve dans l'Évangile ;
Je ne puis espérer d'apaiser ta rigueur.

LA DANSE DES MORTS

VINGTIÈME TABLEAU

LA MORT AU MARCHAND

La Mort à l'Abbesse.

De grâce, un petit mot, ma Révérende Mère,
Ne cachés pas tant le mystère :
Dites-moi le sujet qui fait couler vos pleurs.
Je vais dans un instant abréger vos douleurs;
Ou si de saints désirs pour la Gloire infinie
Aux Esprits bienheureux vous font porter envie,
Dieu va, par mon moïen, contenter vos ardeurs.

Réponse de l'Abbesse à la Mort.

S'il faut quitter la Compagnie
Des Sœurs qui m'ont toujours chérie,
Je demande à Dieu que mon Cœur
Soit exemt de Bigotterie,
De tout erreur, d'Hypocrisie;
Et je verrai la mort sans peur.

(Cette légende a été altérée par les protestants.)

LA DANSE DES MORTS

VINGT ET UNIÈME TABLEAU

LA MORT A L'ABBESSE

La Mort au pauvre Boiteux.

Toujours avance qui chemine :
Clopin, clopant, à petits pas,
Enfin, l'homme arrive au trépas;
Et la Mort, quoiqu'elle clopine,
Le suit, l'atrape, et le met bas.
Robin Maillard! Te voici dans le cas :
Il faut qu'ici je te gourdine;
Pour sûr, tu n'échaperas pas.

Réponse du Boiteux à la Mort.

Que risque-je, en quittant la terre ?
Des malheureux, des mendians
Tu ne peux, malgré ta colère,
Que terminer les maux pressans ;
Les arracher de la misère,
Et des douleurs les rendre exemts.
Que le Mondain, dans sa manie,
Te craigne plus qu'une Furie,
Il n'en faut point être surpris;
Pour moi, qui souffre et qui languis,
Je te regarde comme amie ;
Pourvû qu'au sortir de la vie
Je puisse entrer en Paradis.

LA DANSE DES MORTS

VINGT-DEUXIÈME TABLEAU

LA MORT AU PAUVRE BOITEUX

La Mort à l'Ermite.

Voici le noir flambeau qui consume le Monde :
Il n'est point d'habitant, sur la terre et sur l'onde,
Qui puisse en soutenir l'ardeur;
Je suis l'Ange Exterminateur.
Si, chés les Potentats, il n'est point de barrière
Capable d'arrêter mes pas
Qui poura garantir de ma main sanguinaire
Le pauvre Frère *Nicolas ?*

Réponse de l'Ermite à la Mort.

J'ai crû que, séparé du monde vicieux,
Pour vivre solitaire, en Hermite pieux,
A son funeste amour, je serois moins en proïe;
Et que, devenu saint, je mourrois avec joïe,
Sans agonie et sans douleur;
Mais aujourd'hui, quand je me sonde,
Je sens, qu'en m'éloignant du commerce du monde,
Le monde et ses désirs sont restés dans mon cœur,
Et que, pour avoir dit, tant de fois, mon rosaire,
La Mort ne m'est pas moins amère.

LA DANSE DES MORTS

VINGT-TROISIÈME TABLEAU

LA MORT À L'ERMITE

La Mort au Jeune Homme.

Il t'est dur de mourir, je le sens, je le vois;
Mais, pour t'échaper de mes doigts,
Vainement fais-tu résistance :
En vain m'allègues-tu, pour obtenir dispense,
Mille projets forcés de devenir pieux.
Dès qu'une fois la Mort, en fermant ta paupière,
Te vient priver de la lumière,
Il est bien tard d'ouvrir les yeux
Sur les dérèglements de ta conduite impie :
Et quand elle vient pour toujours
Terminer tes ans, et tes jours,
Il n'est presque plus tems de réformer ta vie.

Réponse du Jeune Homme à la Mort.

Faut-il marcher ? Faut-il mourir ?
N'est-il point de moïens qui puissent secourir,
Ni de Médecin qui délivre
Un jeune homme en santé, qui souhaite de vivre?
Insensé que j'étois, je ne m'avisois pas
Que l'homme est mortel à toute heure ;
Et que tel qui se croit éloigné du trépas
Touche au fatal moment au quel Dieu veut qu'il [meure!
Venés à mon secours, larmes, soupirs, remors ;
Du Dieu que j'offensai désarmés la vengeance :
Tachés de m'obtenir sa Grâce et sa Clémence;
Qui sçait s'il la refuse aux violens efforts
D'une tardive Pénitence?

LA DANSE DES MORTS

VINGT-QUATRIÈME TABLEAU

LA MORT AU JEUNE HOMME

La Mort à l'Usurier.

Esclave de Mammon, Usurier détestable :
Lutin toujours actif, avare, insatiable,
Qui, comptant, nuit et jour, et recomptant ton or,
Imites ces démons qui gardent un trésor
Inaccessible à l'homme et pour eux inutile :
Dragon plus dangéreux que celui qui, dans l'Ile,
Gardoit cette riche Toison,
Qui fut conquise par Jason;
Je vais, de cette main, t'aprendre à quitter prise;
Mais avant qu'au Tombeau ton Corps soit étendu,
Fais-y graver pour ta Dévise :
En trop gagnant, j'ai tout perdu !

Réponse de l'Usurier à la Mort.

Il est vrai que mon gain n'égale point ma perte;
Puis que j'ai païé l'or au prix de mon salut :
Et si la Mort vouloit, pour cette bourse ouverte,
M'affranchir de païer ce terrible tribut,
Et détourner de moi sa main qui me ménace,
Il n'est rien de si cher que je ne prodiguasse;
Mais non : Il est trop tard de vouloir échanger
Un bien qui n'est que passager,
Inconstant, faux et périssable,
Contre le Bien solide, et le seul véritable.

LA DANSE DES MORTS

VINGT-CINQUIÈME TABLEAU

LA MORT A L'USURIER

La Mort à la jeune Fille.

A vous le Dez jeune volage;
Venés, dans un sombre bocage,
Comme la fille de Jephté,
Pleurer vôtre virginité.
Hatés-vous, si vous êtes sage
De penser à l'éternité;
Et reconnoissant de votre âge
L'incroyable fragilité,
Suivez la Mort qui vous dégage
Des filets de la volupté,
Avant qu'ici la vanité
Vous ait séduite davantage.

Réponse de la jeune Fille à la Mort.

Je me meurs : Je suis pâmée !
A la fleur de mes beaux jours,
Une Mort inopinée
Vient en arrêter le cours,
Et terminer la durée.
Adieu la vie enchantée ;
Adieu folatres amours,
Plaisirs, ornemens, atours,
Dont mon âme fut charmée.
Justes Cieux ! serés-vous sourds
Aux cris d'une infortunée,
Sans espoir et sans secours,
Que le monde a tant aimée,
Et qui se voit condamnée
A le quitter pour toujours.

LA DANSE DES MORTS

VINGT-SIXIÈME TABLEAU

LA MORT A LA JEUNE FILLE

La Mort au Musicien.

Notre danse des Morts est encore imparfaite ;
Il nous y manque un joueur de Clairon :
Vien-ça, Compère *Aliborum;*
Aussibien, de ton tems, ne fut-il point de Fête
Où ne rétentit ta Musette ;
Mais sache que, chés nous, il faut changer de ton :
La Mort ne danse pas ainsi que la soubrette ;
Ce sont des autres airs ; c'est un autre fredon,
Voïons si je pourrois racler du violon :
Pour toi qui, si souvent, fis sauter la Grisette,
Danse à ton tour, un rigodon.

Réponse du Musicien à la Mort.

Chacun, dans son métier, mérite qu'on l'honore :
Nôtre Art n'a d'ennemi que celui qui l'ignore ;
On sait que la Musique est un charme divin,
Plus puissant que le vin ;
Un joueur sait, avec adresse,
Apaiser la douleur, dissiper la tristesse :
Des Cœurs les plus bourrus il adoucit le fiel ;
Il élève, en un mot, une ame jusqu'au Ciel.
Si, loin de servir à la Danse,
J'avois, dès ma plus tendre enfance,
Emploïé mes talens à des concerts pieux ;
J'iroi, aujourd'hui, tout joïeux,
Me joindre au sacré chœur des Anges,
Pour chanter avec eux
Les divines loüanges
Du Monarque des cieux.

LA DANSE DES MORTS

VINGT-SEPTIÈME TABLEAU

LA MORT AU MUSICIEN

La Mort au Hérault.

Orgueilleux Messager des Princes et des Rois,
Qui, publiant leurs Loix,
Fis rétentir par tout une voix de tonnèrre;
Voici le terrible Signal
Qui t'apelle à paroître aux piés du Tribunal
Du Roi des Cieux et de la terre.

Réponse du Hérault à la Mort.

O Mort! Tu me remplis d'effroi;
Des épouvantements tu peux te dire Roi :
Si j'avois sû plûtot cette triste nouvelle;
Comme autrefois je fus fidèle
A publier les Loix d'un Maître temporel,
J'aurois taché de suivre, avec soin, avec zèle
Les saintes volontés du Monarque éternel.

LA DANSE DES MORTS

VINGT-HUITIÈME TABLEAU

LA MORT AU HÉRAUT

La Mort au Maire.

Voïés *Criton* : Comme il soupire ;
Comme il fait le rétif au doux son de ma lire,
Comme il recule à l'aspect de la Mort !
On croiroit à le voir que je lui fais grand tort.
C'est parce, dirés-vous, qu'il n'aime point la danse;
Non : C'est qu'il est faché de quitter sa chevance,
Et l'honorable Emploi, qui pour lui, tous les ans,
Est une source riche en mille émolumens;
Mais en vain fait-il la grimace :
S'il avoit bien pensé qu'une fois tout prend fin,
Il se soumettroit au Destin,
Et danseroit de bonne grace.

Réponse du Maire à la Mort.

Ah ! Je suis trop vieux pour la danse,
Et je le suis trop peu pour mourir sans regrets.
Un officier rempli de zèle et de prudence,
Propre à servir un Prince, à régir les sujets,
A travailler enfin au bien de la Patrie,
Est digne d'une double vie ;
Malgré moi cependant,
Et sans égard pour mon mérite,
Avec le moindre ouvrier la Mort me confondant,
Me fait déloger au plus vite.

LA DANSE DES MORTS

VINGT-NEUVIEME TABLEAU

LA MORT AU MAIRE

La Mort au Grand-Prévôt.

Toi, dont le sanguinaire office
Te rend le fléau du Malfaiteur,
A qui des Criminels condamnés par Justice
A subir le dernier suplice
Et le rigide Exécuteur;
Souvien-toi que tous ceux qui, par ton ministère,
Perdirent autrefois le jour,
T'ont donné mille fois cet avis salutaire:
Qu'enfin viendroit aussi ton tour.

Réponse du Grand-Prévôt à la Mort.

Hola ! Pourquoi désarmes-tu
Celui qu'un Prince a revêtu
Du pouvoir de porter, et la Lance, et l'Épée;
Et dont la vie est occupée
A peupler les États de tant d'infortunés
Qui sont, pour leurs forfaits, justement condamnés?
Que s'il faut à tes Loix absolument se rendre,
Je te conjure au moins d'attendre
Que j'aïe, en humble pénitent,
Obtenu mon pardon pour le sang innocent
Que je puis avoir eu le malheur de répandre.

LA DANSE DES MORTS

TRENTIÈME TABLEAU

LA MORT AU GRAND-PRÉVOT

La Mort au Bouffon.

Faiseur de sauts et de gambades,
Qui, par tes airs bouffons, par tes arlequinades,
Sçûs amuser l'esprit, en surprenant les yeux;
Regarde bien : Je vais t'apprendre,
A faire, en peu de tems, le grand saut périlleux.
Tu ris de me voir, de m'entendre;
Mais garde-toi de t'y méprendre :
Rira bien qui rira le dernier de nous deux.

Réponse du Bouffon à la Mort.

Si j'ai fait un métier, par mes tours, mes bons-mots,
D'amuser les oisifs et de tromper les sots;
Qu'ai-je fait plus que ceux qui, consumant leur vie
Dans les jeux, dans les ris, dans la plaisanterie,
Seroient fous comme moi, s'ils portoient les grelots?
Loin d'excuser pourtant leur tort et ma folie,
Je blame les excès de ma conduite impie :
Ils furent indécens, dangéreux, criminels;
Et si Dieu veut qu'un jour ma faute soit punie,
Mes ris seront changés en des pleurs éternels.

LA DANSE DES MORTS

TRENTE ET UNIÈME TABLEAU

LA MORT AU BOUFFON

La Mort au Mercier *(petit marchand)*.

Messieurs, achetés mon Clincail,
La Mort vend en gros, en détail;
Le Mercier et sa marchandise
Sont déclarés de bonne prise :
Argent de mes Colifichets,
De mes étuis, de mes lacets :
Je fais argent de tout, excepté du bon homme;
Comme on ne peut, de lui, tirer aucune somme,
Il faudroit le donner *gratis ;*
Et je le garde pour le prix.

Réponse du Mercier à la Mort.

He bien ! Prenés la marchandise
Et réduisés-moi, pour toujours,
A la besace, à la chemise ;
Mais n'attentés point à mes jours :
Dame la Mort, daignés, de grâce,
Vous mettre, un moment, à ma place ;
Il est dur de tout perdre : Emportés le panier ;
Mais laissés courir le Mercier !

LA DANSE DES MORTS

TRENTE-DEUXIÈME TABLEAU

LA MORT AU MERCIER

La Mort à l'Aveugle.

Arrête pauvre Aveugle, arrête ici tes pas :
Ce sachet, ce bâton, et cette gourde vuide
Sont meubles superflus, qu'il te faut mettre bas.
Comme je vais couper le cordon qui te guide,
Aujourd'hui de tes jours le fil sera tranché;
Et ton pauvre Corps invalide
Dans le Tombeau sera couché.

Réponse de l'Aveugle à la Mort.

Que tu viens à propos, aimable Messagère,
Dénoüer le fatal lien
Qui me tient courbé vers la terre,
Où je ne jouïs d'aucun bien.
Après avoir longtems rampé dans la poussière,
Errant au gré d'un petit chien,
Mes maux, avec mon corps, étant mis dans la bière,
Je verrai désormais la céleste lumière;
Je meurs donc volontiers, et ne regrette rien !

LA DANSE DES MORTS

TRENTE-TROISIÈME TABLEAU

LA MORT A L'AVEUGLE

La Mort au Juif.

Race incrédule et misérable,
Qui, de ta réprobation,
Fais voir à l'univers la marque ineffaçable;
Et dont la conservation
Est une preuve indubitable
D'une future adoption :
Revien, Juif endurci, de l'obstination
Qui fit la condamnation
De ton peuple aveugle et coupable;
Et pour trouver au ciel un sauveur charitable;
Reconnoi que Jésus est le roi de Sion.

Réponse du Juif à la Mort.

Qui ne plaindroit d'un Juif le malheureux destin ?
Après avoir vêcu, comme étranger, au monde,
Ma vie errante et vagabonde
Va, pour surcroît de maux, prendre une horrible [fin,
Avant que l'heureux jour, et le moment paroisse,
Où le Dieu d'Israël dégageant sa promesse,
En faveur des Hébreux, doit montrer son pouvoir!
Que Jésus soit le Christ, c'est ce qu'un Juif ignore ;
Mais s'il l'est en effet, je l'invoque et l'adore :
Et ce n'est qu'en lui seul que je mets mon espoir.

LA DANSE DES MORTS

TRENTE-QUATRIÈME TABLEAU

LA MORT AU JUIF

La Mort au Païen.

Voïons si les faux Dieux que ta bouche réclame,
Des horreurs de la Mort pourront sauver ton ame,
Au moment où la Mort te transporte en un lieu,
Où, dans une clarté nouvelle,
Tu pouras, mais trop tard, connoître le vrai Dieu :
Obéïs, à l'instant, à la voix qui t'apelle,
Pour te juger à la rigueur
Selon cette Loi naturelle,
Que son doigt grava dans ton Cœur.

Réponse du Païen à la Mort.

Réduit à la nécessité
De céder aux efforts d'une Mort téméraire ;
Au quel de tous nos Dieux, du ciel, et de la terre,
Remettrai-je le soin de ma félicité ;
Et de quelle divinité
Reclamerai-je ici le secours nécessaire ?
Parmi la multiplicité
De Dieux, de demi-Dieux, ne sachant plus que faire,
J'implore, du plus grand, l'immense Charité :
Créateur des Humains, sois mon Dieu, sois mon Père,
Quoi qu'inconnu, je te révère :
Être des Êtres, Dieu des Dieux,
Aïe pitié d'un malheureux !

LA DANSE DES MORTS

TRENTE-CINQUIÈME TABLEAU

LA MORT AU PAIEN

La Mort à la Païenne.

Que ce soit hazard, ou Destin,
Ou l'arrêt d'une Providence,
Pauvre Païenne, il faut enfin,
Au son de ma Musette, éprouver une danse.
Tu passas tes beaux jours en mangeant, en bûvant,
Et tu meurs en dansant;
Quelle autre destinée est semblable à la tienne?
Grand nombre de Chrétiens n'ont pas le même sort;
La plûpart, il est vrai, vivent à la païenne,
Mais peu doivent attendre une si douce mort.

Réponse de la Païenne à la Mort.

Si tout n'aboutissoit qu'à faire un tour de danse,
J'en ferois deux, j'en ferois trois:
Mais le grand *Ergo* que j'y vois,
C'est qu'un trépas subit en est la conséquence :
Mourir, ainsi que j'ai vêcu,
Dans la luxure et la licence,
Sans Dieu, sans espoir, sans vertu,
Et passer, par la Mort, dans un monde inconnu,
C'est un plus grand mal qu'on ne pense !

LA DANSE DES MORTS

TRENTE-SIXIÈME TABLEAU

LA MORT A LA PAIENNE

La Mort au Cuisinier.

Voici *Mignot*, en son vivant,
Petit yvrogne et gros gourmand :
Il paroît que le Camarade
N'est ni trop vieux, ni bien malade ;
Il est gras et dodu, bref il est ragoutant.
Je vais essaïer, à l'instant,
De le mettre en Capilotade :
Un tel mets, pour les vers, ne seroit pas tant fade;
Quoi que sans assaisonnement
Je gage, qu'à leur goût, il sera si friant,
Qu'ils le mangeront sans salade.

Réponse du Cuisinier à la Mort.

Je vous prens à témoins, Messieurs, de l'injustice
Que la Mort me fait à vos yeux.
D'un Cuisinier habile on sait que l'artifice
A la santé de l'homme est plus pernicieux
Que les soins, les chagrins, les travaux et les veilles;
Et que de mes ragouts le dangéreux apas
Fait avaler dans un repas
La Goute, la Gravelle, et cent choses pareilles ;
Enfin, que par mon art j'en ai plus fait périr
Que *Galien* n'en put guérir ;
Mais, tandis qu'à gogo je vis dans ma Cuisine,
L'ingrate Mort, malgré cela,
Veut, de mon pauvre corps, régaler la vermine
Qui sait quel sort mon âme aura ?

LA DANSE DES MORTS

TRENTE-SEPTIÈME TABLEAU

LA MORT AU CUISINIER

La Mort au Païsan.

Bon jour, *Colin* ; où vont tes pas?
Je veux te dire un mot tout bas;
J'aprens que des soins du ménage,
Des travaux de ton labourage,
Et de mille autres embarras
Depuis longtems tu te sens las :
Que tu te plains, que tu fais rage,
Disant que, dans un si haut âge,
Noble et bourgois font gros et gras,
Et font d'argent de grands amas;
Tandis qu'au fond de ton village
Tu vis comme dans l'esclavage,
Et que mieux vaudroit le trépas;
Ainsi, Colin, ne tarde pas,
Viens te soumettre avec courage,
A la mort qui te tend les bras.

Réponse du Païsan à la Mort.

Il est vrai, je l'ai dit, dans l'excès de ma peine,
Qu'un Cerf couru des chiens, qu'un Forçat à la [chaîne
Endure moins de maux qu'un pauvre Laboureur;
Mais, dès lors, revenu de cette folle erreur,
Je conviens que mes maux sont moins insuportables
Que ceux qu'ont à souffrir cent autres misérables :

LA DANSE DES MORTS

TRENTE-HUITIÈME TABLEAU

LA MORT AU PAISAN

La Mort au Peïntre.

C'est à ton tour, Homme-à-pinceau ;
Pein-toi toi-même en ce tableau,
Toi qui n'as vêcu qu'en peinture :
Après que, sans la voir, par un art sans égal,
Tu sçus peindre la Mort affreuse à la Nature ;
Pour prix d'avoir tracé tant de fois sa figure,
Elle-même, aujourd'hui, t'offre l'original.

Réponse du Peintre à la Mort.

Sachant que toute Créature,
Esclave de la vanité,
N'est aux yeux du Seigneur qu'une ombre, une pein-
[ture,
A peu près sans réalité,
Je suis plus que content de changer de nature,
De passer par la pourriture,
Pour jouïr dans l'Éternité
De la félicité future :
Vien donc, divin ouvrier, graver sur mon visage
Les traits vivans de ton Image,
Et me rendre un portrait de ta Divinité !

(En ce tableau ajouté à la collection par le peintre et où il a placé son portrait, on voit qu'il se garde de se traiter aussi mal que les autres, ce qui ferait penser que l'ensemble des vers a été son œuvre.)

LA DANSE DES MORTS

TRENTE-NEUVIÈME TABLEAU

LA MORT AU PEINTRE

La Mort à la Femme du Peintre.

Fai ton dernier pélérinage,
Chère *Isabeau* (1), vien, déménage,
Vien joindre ton mari, tant de fois regretté :
Prens tes enfans, ce tendre gage,
Peut-être l'unique avantage,
Que la Veuve du Peintre ait jamais hérité.
La Mort, envers vous tous, usant de Charité,
Vous affranchit et vous soulage;
Tes enfans de la pauvreté,
Et toi, du fardeau du veuvage,
Hâte-toi de plier bagage,
Ton véritable Époux, un céleste héritage
T'attendent dans l'Éternité.

Réponse de la Femme du Peintre à la Mort.

Mourons, puis qu'il le faut, chers enfants d'un bon [père,
Aussibien n'avons-nous aucuns biens sur la terre,
Pour nous dédommager de la perte d'*Holbein*.
En Dieu nous trouverons le seul Bien nécessaire,
Un Père, un tendre Epoux, un Protecteur, un Frère,
C'en est fait, à nos maux, la Mort vient mettre fin.

(1) Voir l'observation du tableau précédent. Isabeau était la femme du peintre qui répara la Danse de Bâle et y ajouta ces deux derniers tableaux avec les vers qui sont ici traduits.)

LA DANSE DES MORTS

QUARANTIÈME TABLEAU

LA MORT A LA FEMME DU PEINTRE

523-92. — Imp. Petithenry, 8, rue François Ier, Paris.

90

www.ingramcontent.com/pod-product-compliance
Lightning Source LLC
Chambersburg PA
CBHW051611090425
24838CB00031BA/609

* 9 7 8 2 0 1 6 1 1 3 3 6 3 *